현대시세계 시인선 176

당신과 듣는 와인춤

강성남
시집

당신과 듣는 와인춤

강성남
시집

도서
출판 북인

나이면서 내가 아닌
당신을 만나려고 먼 길을 에돌아왔다.

살아 있어서 행복하다.

2024년 12월
강성남

차례

1부

스위트와인

나비

엄마는 나를 꼭꼭 접어 봄 속으로 내보냈다

괴어놓은 돌이 자주 흔들리는 정릉동 산허리, 새 교실 맨 앞자리엔 고향에 두고온 책상이 따라와 있었다 버스를 타고 광화문 앞에서 내리면 종로소방서가 보일 거야 청진약 국을 끼고 한옥 담장을 따라가 서울 지리에 깜깜한 나는 아담한 '아담'이라는 요정을 용케 찾았다 커다란 나무 대문 안에 연못, 수면에서 반짝이던 물비늘이 일제히 나를 비추었다 마루엔 속저고리만 걸친 여자들이 화투를 치고 세상의 꽃들은 모두 모여 피고 있었다 주인 마담은 내 이름을 안다고, 빳빳한 지폐 한 장을 쥐여주었다 진홍색 모란처럼 온몸이 물들어 나오는 내 귀엔 드르륵 장지문 열리는 소리가 들렸고 열세 살 분홍 원피스엔 자꾸만 꽃가루가 달라붙었다

봄이 그려준 약도 한 장 들고, 봄 속의 봄을 건너고 있다

물의 뜰

꽃잎은 물의 눈꺼풀이에요

수면을 쿵쾅거리는 심장 소리가 들려요

버드나무는 분홍 원피스를 입었어요

꽃잎들이 수면을 한 꺼풀씩 벗길 때마다 잔잔한 파문이
일어요

엄마가 악어 등을 타고 놀아요

건들바람이 타일러요, 물을 안고 가라고요

엄마가 꽃나무 속으로 예배를 보러 가요

호숫가를 걷는 사람들 유모차 끄는 소리가 들려요

봄이 화들짝! 눈을 떠요

은행나무 제본소

　나무들은 줄 서 있는 인쇄물이다 햇살이 블라인드를 올리면 왕성한 수액을 돌려야 하는 봄이 시작된다 잠에서 막 깨어난 나비는 공원에도 가야 하고 계곡과 바다, 산과 들판에도 들러야 한다 스노지 같은 안개, 접착본드 같은 황사를 확인하는 것도 잊지 말아야 한다 그 사이 새로 들어온 왕대나무가 궁금하다 오늘 하리꼬미 해놓은 책은 수천 페이지가 넘는 마터호른산의 자서전이다 두꺼운 양장본으로 된 전집류도 거뜬히 소화하는 그녀 컨베이어벨트 앞을 철컥철컥 지나는 새들을 읽는다 날씨를 구분하는 간지 속에 천둥과 빗줄기를 확인하는 것도 잊지 말아야 한다 이곳에선 한치의 오차도 허락하지 않는다 기쁨과 슬픔을 잘못 접착하면 파지가 날 수도 있다 풍경은 갓난아기부터 노인에 이르기까지 계절마다 판형 다른 나무들을 출간한다 강물은 자음과 모음으로 이루어진 하루를 매번 새롭게 입력한다 목련나무가 첫 시집을 내는 봄, 별이 내비게이션을 다는 여름, 단풍나무가 수필집을 출간하는 가을, 선명하게 살아나는 글자 속에 수만 번 돌아온 겨울이 새 동시집을 준비하고 있다 이곳은 빛으로 가득한 언어言語 창고다

물방울무늬 액자가 있는 방

20여 년 나와 함께한 물방울무늬 액자가 있는 방*
이사하는 날 담장 밖에 내다놓았다
마음이 아려 잠이 오지 않았다
소나기 내린 다음 날, 밤새 젖었을 텐데
얼룩은커녕 한층 투명한 얼굴이다
물방울 속 이야기 고스란히 간직한 채 일광을 즐긴다
물방울 속 어떤 얼굴은 가시처럼 보이고
어떤 놈은 공작새의 날개, 다이아몬드, 조약돌, 화살표
때로는 행진하는 군인처럼, 매미 떼로
또 어떤 날은 꽃밭으로 읽혔다
골목을 몰아가는 물의 도화선으로 보이다가
내 피를 몰아가는 피톨처럼 읽히다가
천의 얼굴을 가진 배우처럼 보이기도 했다
물방울을 거울삼아 들여다볼 때가 많았다
밝은 곳에서 보니 물방울이 매단 이야기들
내 영혼을 담은 자화상이 아닌가
햇살과 구름, 건너편 창문과 지붕들
지중해 바다를 품고 출렁인다
이 그림을 위해 화가는 얼마나 많은 불면의 밤을 보냈을까
얼마나 많은 고통을 감수하며 자기만의 색깔을 찾으려

했을까
  그도 난간에 매달린 채 운 적 많았을 것이다
  소중한 줄 모르고 버리려했던 물방울무늬 액자가 있는 방
  그가 있어 내 미래가 밝음을 깨닫는다

*김창열 화백 그림 〈물방울무늬 액자가 있는 방〉.

나를 수선하다

나와 당신 사이, 시접 얼마나 두어야 적당할까

계절은 여름인데 옷장 속은 아직 겨울이다 1년 3개월간 배를 두 번 열었다 작년에 입던 치마 입을 수가 없다 산부인과 수술실, 마취에서 깨어났을 때 주치의가 땀을 뻘뻘 흘렸다 간호사는 수술할 때 날아들었다며 초음파 사진을 보여주었다 금빛 나비 한 마리 숨을 쉬고 있었다 내 복통福通의 주인공이다

외과의가 아랫배 한가운데 문을 내어주었다 가로세로 20×15 끊어진 복근福根을 이어줄 문이라고 했다 죽음의 문턱에서 삶으로 오는 그 환한 문을 온몸으로 통과하는 사이 호수의 얼음이 녹았다

어디다 나를 두고온 것 같아 그의 가슴에서 파도 소리가 들렸다 상처가 낫는 동안 동네 산책로를 걸었다 나무들은 저마다 거리를 두고 6년 전 동네 한가운데로 옮겨 심은 은행나무 초록 원피스 색상 선명하다 아름드리 자란 나무의 품을 가늠해본다 고층 건물에 가려져 눈에 띄지 않더니 그새 뿌리 튼튼해졌다

나와 당신 사이 함부로 재어 생긴 오해의 그늘, 마음을 수선하는 일도 여백이 필요함을 느낀다 안과 밖을 뒤집진 않았는지 지나친 매듭으로 울게 하진 않았는지 옳은 쪽을 지나치게 옹호하는 내 성향이 그를 왼쪽으로 가게 했다

　삐딱한 나를 바로세운다 자르고 꿰매온 날들이 상처였지만 시간은 나에게 아름다운 무늬를 주었다 내가 다시 따뜻해지리라는 예감이 든다

블루오션

8공구에 오신 걸 환영합니다
이곳은 세계 최고의 랜드마크시티가 될 것입니다
갯벌을 메워 도시를 세운 인천경제자유구역
달빛축제공원역에서 에스컬레이터를 타시면
정면으로 보이는 가장 높은 건물이에요
3층 라운지에서 내리면 분홍 봉투가 보일 거예요
갖고 싶은 사랑을 골라 담으시면 됩니다
손만 내밀면 물결이 출렁이는 오션파크 하버뷰
바다는 무게가 아닌 물빛으로 분양가를 매겼다
오늘의 장세는 지중해가 원산지인 초록 킹크랩
사리와 조금, 간조와 만조
물수리와 쇠제비갈매기 모래 속에서 진주를 캔다
개펄에서는 물때를 잘 알아야 한다
바다의 변화를 가장 먼저 감지한 건 엽낭게다
조그만 기척에도 재빨리 치고 빠져나간다
대왕문어와 주꾸미, 같은 연성동물인데
대출방식도 상환방식도 달랐다
피뿔고둥 껍데기가 집인 줄 알았던 우리는,
보트피플이 되어 한류성 난바다를 건너야 했다
인천 앞바다를 분주히 오가는 배들

요트인 줄 알았는데 고래였다

지느러미 싱싱한 상어들이 서해로 몰려든다

새로운 태양이 거대한 바다를 들어올린다

우리 집 시계들은 시간이 저마다 달라요

1

엄마, 지금 몇 시나 됐어요

자명종이 울지 않아 늦잠을 잤어요

7시 13분이구나

엄마, 그 시계는 이미 오래 전에 멈추었다고요

그럼 지금이 몇 시라는 말이니?

거실 벽시계는 8시 13분인데

부엌 전자레인지는 8시 17분이에요

시계 밥 주는 걸 잊고 있었구나

어머, 이 시계는 내가 다섯 살 때 밥 줬는데

그새 15년이 지났단 말이니?

시간이 약이라면 쉬었다 가게도 할 텐데

휴대폰을 꺼둔 게 잘못이에요

2

엄마, 제가 아껴둔 시간 못 보셨어요

글쎄 어디로 숨었는지 잘 찾아보렴

세탁기 속에 숨어 있는지 열어보렴

엄마, 우리는 지금 어디로 가고 있는 거죠?

열 살 때는 스무 살을 기다리고

스무 살 땐 서른이 오기를 기다리지
서른엔 마흔이 되면 좀 더 자유로워질 거라 생각하지
얼른얼른 태어나야지
무럭무럭 자라야지
훌륭한 사람이 되려면 시간을 아껴야 하지
삶이란 문은 항상 열려 있단다
밤 사이
복숭아밭이 분홍으로 장관을 이루었구나

#3
시간을 아끼면 꿈을 이룰 수 있나요?
그럼그럼, 목표를 이루는 동안 행복이 따라오겠지
엄마, 지금 태평양 건너 마을에서는
트럼프가 앞서니 바이든이 앞서니…
트럼펫이 이기면 어쩌고 바이올린이 이기면 저쩌고
일본에서는 후쿠시마 원전수 방류에 대한 논의가 뜨겁다네요
일본이 원전수를 방류하면 인천 앞바다 색깔도 변할까요?
집집마다 방사능 진단 키트가 필요하지 않겠니
시간이 가면 많은 것들이 변할 줄 알았는데
미얀마 봉제공장에서는 시다공 시급이 600짯이라는구나

소녀가장 손에 가계의 생계가 달렸다는구나
시간을 낭비하지 말고 사랑해주렴
그런데 이 검정 스타킹에 누가 구멍을 낸 거야?

4
애, 이 소리 들리니? 시간이 오는 소리 말이야
상당히 가까이 다가오는 이 소리 들리니?
사람들은 시간을 벌기 위해 일생을 바쁘게 뛰지
일생보다 금리가 높다는 연애에 대해 들어봤니?
저는 집을 떠날 때 돌아오지 않으리라 맹세했어요
맹세한다는 건 미련이 있다는 말 아니니?
맞아요, 사실은 무척 돌아오고 싶었어요
하지만 모두 미래만 기다리고 있잖아요
우리는 저마다 다른 시간 속을 건너고 있지
지구는 여전히 태양을 중심으로 돌고
해는 날마다 동쪽으로 자리를 옮기지만
실은 한번도 제자리를 떠난 적이 없단다
만월산 중턱에 서 있던 해가
주왕산 정상에서 떠오를지 누가 알겠니
서둘러라! 늦지 않게

교보문고에서 당나귀를 기다림

계절이 횡단보도를 건너는 광화문사거리
모든 길은 책방 안으로 들어온다
그가 오기로 한 자리, 나무처럼 서서 기다린다
난로가 켜진 책방 안은 마른풀 냄새 가득하다
시계침은 고집센 초식동물처럼 오후를 걸어가고
책갈피 속 해바라기들 서쪽으로 휘어진다
나는 나에게 김수영과 카프카를 뜯어 먹인다
시인이여 기침을 하자*, 젊은 시인이여 기침을 하자
눈송이들 문을 밀치고 들어온다
십자가 붉게 피는 골목
벌판 저 끝에서 오고 있을 당나귀를 기다린다
불빛 한 페이지를 뜯어 그에게 편지를 쓴다
기다림에 지친 발등이 부어오른다고
내 이마에 초승달이 뜨는 중이라고
눈은 푹푹 쌓이고
눈길을 걸어 흰 당나귀**가 올 것이다
생각이 많아 천천히 걷는 그가,
온몸이 시詩인 그가 올 것이다

*김수영 시 「눈」
**백석 시 「나와 나타샤와 흰 당나귀」

이메일

희망은 잎이 넓은 야자수*
피지 않고는 채울 수 없는 원고지 같은 봄날
햇살들 마라톤대회를 연다

얼었던 강물은 푸르게 넘실거리고
경기장을 출발한 매화, 진달래, 개나리…
왕벚나무 펑! 펑! 축포를 터트린다

전깃줄에 일렬횡대로 앉은 때까치들
선수들을 응원한다 점진적으로…

오늘은 스타킹을 신지 않아도 좋은 날
브래지어도 풀어버리고, 잠옷 차림으로 나부낀다

이건 누구 브래지어게?
— 아빠, 그건 엄마 브래지어
아니지 이건 옆집 아줌마 거
— 아니야, 엄마 꺼
아니지 이건 옆집 누나 거
— 아니야, 엄마 거

이게 니 엄마 거지, 크크크크…

식구들 웃음소리 창을 넘는다
수인선 철길 너머 대열 이룬 아지랑이 아지랑이…

빨랫줄에서 날아온
다섯 살 딸아이 속옷 같은 새들
목련나무에 매달려 운다

죽은 줄 알았던 풍란,
뿌리에서 새 촉이 올라온다

길이 활주로처럼 넓다
봄이 콧노래 부르며 고가도로 건너온다

내 손톱도 분갈이해야겠다

*야자수 꽃말은 승리, 부활.

빌려 쓴 이름

빗줄기가 고추밭을 지나갈 때면
파란 옷 입은 새가
내 허리를 안고 잠이 들곤 했다

바람이 대문을 흔들었다
미루나무도
까치집도 휘청거렸다
새들이 들판으로 날아올랐다

가장 싫은 일은 일기 쓰기
천재 시인 '이상' 버금가는 아버지
하루에 단편소설 한 편은 거뜬히 써내는
어머니 사이에서 꿈을 꾸었다

어머니는 안방 벽에 아버지를 걸었다
어떤 날은 두 권 세 권 걸었다

이비인후과 의사는 뺨에 재갈을 물리며
장래희망을 물었다
어금니 사이에 눌러놓은 의료보험증

내 이름 석 자, 강성남
돌려받지 못할까봐 작가…라고 했다

주치의가 동갑내기에게 빌린 이름을 세공했다
얼떨결에 뱉어낸 거짓말
일곱별이 국자로 퍼올렸다

지루하고 습한 날들이 지나는 동안
내 이름은 경선이, 이경선!
여름의 물소리가 세차게 들렸다

푸른 귀

　생生 버드나무가 흔들립니다

　들판 쪽에서 새 떼가 몰려옵니다 새들의 날갯짓으로 마당 쪽 하늘이 새카맣습니다 두 그루 버드나무 중 잎사귀 무성한 한 나무로 새들이 몰려듭니다 한 나무에서 다른 나무로 말들이 빠르게 불어갑니다 아름드리 벌어진 소음이 무성합니다

　새들이 순식간에 물어 나른 말들이 허공을 뚫습니다 허공을 벗어난 말들이 가지를 냅니다 가지와 가지들이 공중에 길을 냅니다 놀란 나뭇잎들이 숨을 가다듬습니다 가지마다 빽빽이 맺힌 말들이 촉수를 엽니다 잎사귀로 몸을 가린 새들을 나무는 묵인합니다 위기를 감지한 새들이 깃들인 나무는 고요합니다 온몸이 귀가 된 나무의 등줄기에 땀이 맺힙니다 무서운 침묵의 영역을 보는 순간입니다

　새들이 남긴 몇 잎의 안부가 나무의 귓전을 맴돌아 나옵니다

　당신에게 가닿지 못한 고백들과 허공을 맴돌던 문자들

빗줄기를 따라갑니다

태풍이 북상 중입니다

빵과 골목

거대한 초승달이 떠오른다, 운석을 닮은 빵이다
제빵사는 빵에 생명을 불어넣는다
마음이 가난한 자에게 복이 있나니!
우유와 계란과 바닐라향 속에 생일과 기념일이 있다

제빵사는 외계의 종족임이 틀림없다
반죽을 발효시키는 밀실로 교신이 날아든다
은유와 상징이 배합된 모카빵은 터치감과 상상력이 풍부하
고
은총을 먹고 별빛으로 구워진 빵은 치유력이 강하다

고등한 동물일수록 빵을 주식으로 삼는다
그러나 소비자 대부분은 가난한 서민들이다
빵 냄새로부터 자유롭지 못하다
우리에게 일용할 일자리를 주옵소서!

가게들은 고객의 입맛에 맞는 빵을 만드느라 분주하다
왼쪽은 상상력을 극대화한 P베이커리
가운데는 개인적 가족사가 반영된 J베이커리
오른쪽은 환경을 극복하고 자수성가한 N베이커리

가끔 실험정신이 강한 빵들이 태어나기도 하는데
서민의 입맛을 사로잡는 건 역시 팥소 가득한 단팥빵이다

폭염이 슈가향을 치즈처럼 녹이는 골목
문 닫으려던 가게 몇 군데 새 단장을 한다
소년이 지키던 빵집은 바빠지기 시작하고
나는 잘나가는 가게에서 신상 하나를 산다

함박눈이 지붕들을 생크림케이크처럼 장식할 무렵
불황에 허덕이던 이 골목도 홍성한 빵 냄새로 부풀 것이다
어린아이부터 어른들 입맛까지 사로잡을 빵을 위해
시장 안에서부터 골목 밖까지 사람들은 줄을 설 것이다

현대해상

바람 부는 날이면 우주선이 되는 삼십여 평 아파트
베란다에서 보는 밖은 파도치는 해상이다
저항하는 나무들 돛폭처럼 팽팽하고
빛의 속도로 달리는 세상 분주하다

서해 중부 연안에 나타난 비행기 한 대
바다에 머리를 꽂고 재주넘기를 한다
— 억울하면 너도 금수저로 태어나라
갑질 파문에 구조용 보트가 투척된다
몇몇은 걸어서 나오고, 휠체어를 타기도 한다

건물과 거리 구분 사라지고 보이는 것은 물뿐
눈 앞에 펼쳐진 '현대'의 의미 알 수 없어
밤바다에서 보내오는 서치라이트
그 표의문자의 의미 해독할 수 없어
세상과 충돌 피하느라 눈 앞 어지러웠다

나는 이 배의 선장 쿠쿠
압력솥 뚜껑, 방향키처럼 돌리며 하루를 운항한다
현관 앞에 쌓인 조간신문 한 무더기

〈수도권 매립지 환골탈태!〉

꿈속에서 강을 몇 번이나 건너는 동안
이 우주선은 한 마리 고래가 되어
먼바다를 향해 헤엄쳐간다

문득, 정신을 차리고 본다
맞은편 7층 빌딩에서 반짝이는 네온사인의 정체
밤바다가 밝히는 등대 불빛이었음을
그것은 십 년간 쌓아만 두고 읽지 않은 책들이고
내가 방치한 오늘이었다는 것을

어느 별에서 OK 사인이 온다
밥을 잘 저어주세요, 쿠쿠!

발자크와 바느질하는 소녀*

다른 사람은 맡지 못하는 냄새를,
혼자 맡는 일은 예민함 때문일까
열이 내리자
벽에서 고양이 오줌냄새가 났다

통증보다 냄새가 더 고통스러웠다
오렌지주스 박스가 흠뻑 젖어 있었다
침상 아래 바닷물이 드나들고 있었다
내 꿈이 둥둥 떠다녔다
청소원이 불면으로 얼룩진 바닥을 닦았다

주인공이 된다는 건, 또 하나의 우물을 만드는 일
누가 바느질을 이따위로 한 거야
배꼽이 두 개라는 게 말이 되니!
언니, 우영우 변호사라도 소개해줄까?

멀쩡한 스타킹에 구멍을 내는 일
뱃속에 자투리천을 넣고 봉합한 이유
수술실 CCTV도
주치의도 간호사도 모른다는데

누가 슬쩍 귀띔해준다
가짜 바느질은 재미없기 때문이야

드륵 드륵 드르륵
배꼽이 두 개가 된 여자의 가슴은
책을 덮으라는
마오 주석의 어록보다 붉고

신나는 이야기도, 눈물겨운 이야기도
모차르트의 소나타 앞에선
부르주아의 장난감이 되는 기분

자크 자크 발자크, 여자여
모든 길은 그대를 향해 열려 있나니
세상은 넓고 지구는 둥글고

수술실 재봉틀은 발자크의 소설을 타고
스카이라운지와 복도를 오가며
드륵 드륵 드르륵

비행기 창으로 펼쳐진 대륙의 초원
크리스마스트리처럼 반짝인다

＊다이 시지에 장편소설 『발자크와 바느질하는 중국 소녀』에서 제목 빌림.

안경이 왔다

안경이 왔다
시집 한 권이 따라왔다
분홍 꽃나무도
꽃나무 아래 소년도 왔다

수국을 바라보며 석류차를 마셨다
꽃잎에 시선을 고정한 채
우리는 말을 아꼈다

수국은 조화造花일까
생화生花일까
꽃의 진위보다
별자리가 아름다운 저녁이었다

저녁은 남쪽으로부터 불어온 안부라는 걸 모른 채
배롱나무 아래에서 만나자
연꽃못에서 만나자
꿈으로 온 목소리를 기억해내며
봉정사 우물의 맑음을 생각했다

처음인 듯 내가 내 눈을 들여다보았다
처음이듯 내가 나를 바라보았다
처음 보는 사람 앞에서도 잘 웃는 건
내가 나를 보기 위해서라는 걸

보고 싶다고, 오직 너 하나만 그립다고
그 말 한번도 해본 적 없는 나에게
혼자 견디는 게
습관이 되어버린 나에게

안경이 와서
꽃나무 뒤편의 세계가 있다는 걸
거기 또 하나의 내가 있다는 걸

영혼이 날아드는 곳은 가장 좋아하는 사람의 집이래
이해할 수 없는, 말로는 설명되지 않는
언어 너머 세계를
사랑하는 이의 심장을 어루만지듯 만져보았다

안경이 와서

안경이 와서
어디서 온 줄 모르던 내가 왔다
어디서 온 줄 모르는 나도 왔다

2부

레드와인

.

임산부 배려석

내일의 주인공을 맞이할 자리에 가죽점퍼가 와서 앉는다 중국교포가, 동남아에서 온 근로자가 앉는다 임산부는 좀체 오지 않고 구찌 핸드백을 든 하이힐이, 청바지가 앉는다 불투명한 미래에 주눅든, 가난 때문에 아직 태어나지 못한 아기들이 전철 안을 서성인다 국가 존립의 위기가 마련한 임산부 배려석, 곧 아기가 될 노인들이 번갈아 앉는다 주인공이 앉아야 할 자리가 기능을 상실했다 명분만 앉아 자리를 양보한다 핑크빛 내일이 깔아놓은 방석에, 슬픈 줄 모르는 오늘이 앉아 눈치 없이 떠들고 있다 좌석 뒤에 붙은 지하철 광고판, '미래를 준비하는 여학생만을 위한 보건특성화고'가 몇 줄의 말씀을 들고 나부낀다

  — 여러분을 맞이할 준비가 되었습니다
  — 행복 박람회에 초대합니다
  — 당신이 최고!

0시에 나는 시계를 확인하고

꿈을 옮기는 일은 소음이 아닌 음악 소리를 낸다

소리는 벽 속으로 숨지 못하는 육체를 지녔던가

밤은 종종
피아노 건반을 타고 우주를 비행한다

달이 피아노를 친다 피아노 소리 벽을 두드린다 벽은 소리의 깊은 연못, 꿈의 안쪽으로 들어서는 일은 즐겁다 고양이 두 마리 술래잡기를 한다 참을 수 없는 존재의 가벼움이 피아노 뚜껑을 열었다 덜거덕거리는 건반을 타고 옥상을 오르내린다 차임벨 하나로 16층 음계를 연주한다 즉흥적이고 돌발적인 연주에 평온한 밤이 반짝반짝 빛을 낸다 동일한 하모니를 기대할 수 없는 층과 층 사이 점진적인 음의 곡선이 태평양을 건넌다 코드가 딱 들어맞는 연주에 밤하늘이 화들짝 진저리를 친다 아름답고 푸른 스와니강에 봄은 흐르고 부활한 언어들이 청룡열차를 탄다 메트로놈 멈출 수 없는 시계들이 경쾌하게 벽을 연주한다 자폐증중이던 거구의 아파트가 불을 켠다 당신은 왜 내 꿈에 열쇠를 꽂았을까?

나는 한번도 걸어보지 못한 오선지 위에 내 꿈을 옮겨 심는다

당신과 듣는 와인춤

오른손 검지는 가장 깊은 음역의 시詩다

그가 그녀 '파' 건반을 지그시 누른다

잠들었던 바다가 천천히 눈을 뜬다

바닷속엔 그가 연주하다 만 그녀 음색들이 산다

손가락이 닿을 때마다 물의 건반들이 하나씩 일어선다

한 옥타브 두 옥타브 왼손과 오른손이 교차한다

그가 그녀 내면 깊숙이 숨을 불어넣는다

잃어버린 말들이 발꿈치를 들고 스텝을 밟는다

무수한 밀어들이 숨어 있던 기억들을 조율한다

심해에 잠들었던 물고기들이 군무를 춘다

간혔던 말들이 파! 숨비소리를 내며 물 밖으로 솟구친다

내 손엔 수만 개의 금맥이 산다

우리는 서로의 손끝에서 우주를 왕래한다

냄비 속의 여자

1

화기를 가하는 건 늘 내부 쪽이다
잊으려 하면 할수록
불은 두꺼운 바닥을 투과하여
이마까지 달군다
속이 비치는 뚜껑
꽃망울처럼 부푼 목젖
허파 밑으로 드나드는 바람이 보인다
방울토마토 같은
레몬 같은
타이레놀 같은
둥근 시간들이 그녀 안을 떠다닌다
정작 그녀 자신은
제 속을 볼 수 없어 바닥을 새까맣게 태울 때가 많다

2

바닥이 다층인 그녀
급작스러운 온도 변화에 민감하다
금방 끓어올랐다, 파르르 식어버리는 성깔이 아니다
함부로 열을 가하는 것은 금물이다

서쪽 창으로 들어온 날 선 빛 한 줄기

옆구리에 박힌다

빛날에 긁힌 기억 속으로 두레박줄을 풀어 내린다

햇살과 바람으로 파도치던 시간이 수축과 이완을 반복한다

달콤한 시럽약 맛

쓰디쓴 가루약 맛

상처의 맛을 구분하는, 목구멍 씁쓸한 그녀

하얗게 불린 침묵을 넣고 뚜껑을 닫는다

열에 들뜬 이마 점점 달아오르고

뿌옇게 흐려지는 안부, 끓기 시작한다

내장 뜨거운 짐승이 푸른 눈을 뜬다

DMZ 평화생태공원

가을볕이 여름을 견뎌온 나무들을 쓰다듬는다
이곳은 밀물 따라 들어온 바닷물이 민물과 어우러지는
염하강
한강과 임진강과 조강祖江이 하나 되어 흐르는 곳
38선은 여전히 서해로 흐르고
물길에도 상처가 있는지 하늘 반쪽이 얼룩져 있다
선생님은 통일이 무엇이라고 생각하십니까?
기자의 질문에 강물의 속눈썹이 미세하게 흔들린다
물 위에 떠다니는 구름은 평화의 속 날개일까
실향민들의 넋일까
애기봉 전망대에서 한눈에 보이는 가깝고도 먼 땅
빨랫줄엔 널어놓은 이불이 깃발처럼 펄럭이고
고샅길에 앉아 숨바꼭질하는 소녀
옥수수밭 드나드는 곱슬머리 노인이 보인다
고래가 안내하는 물길 따라 바다를 건너간 소년
카시오페이아 부근에서 안드로메다 부근으로
이주한 별 하나, 어느 포구에 닿았을까
망원렌즈 속엔 가을볕에 익어가는 들녘
한라에서 백두까지 얼마나 더 걸릴까?
돌곶이포구에서 황해도 관산포까지 최단거리는 1.2㎞

물속에 뿌리내린 거목 몇 그루
철책이 되어 흐르는 강물에 자서전을 쓴다
어떤 풍경이 이보다 처연하고 아름다울까
물굽이 바라보는 등에 햇살이 눈부시다

소문난 경북집

문 앞에는 꽃을 활짝 피운 벚나무 한 그루
나무속 어디에 술항아리가 있어 물소리 저리 솨솨 들리
는지
전곡리가 집이라는 다비드 조각상 닮은 윤영민
아그리파 조각상 닮은 점박이 뿔테안경
베레니케 석고상 닮은 응미과 부대표 내 친구 영균이
아버지가 성공회 신부님이라는 응미과 대표 이성민
남산 꼭대기 예대에 다니는 그들이 나를 불러내는 날이면
봄밤이 한 냄비 속에서 따뜻하게 끓곤 했다
여상 졸업 후 아르테미스 여신상 가슴에 안고
남대문 시장통 오가는 나에게 도수 높은 안경을 씌워주
던 괴짜들
느닷없이 찾아와 장미꽃이나 초콜릿을 건네주며
서울예대 문창과에 오라고 졸랐다
꽃잎에 취해 접었던 내 안의 상처를 소독하노라면
줄리앙 석고상 닮은 전봇대가 이마에 뽀뽀를 했다
별빛 총총한 북창동 밤길, 개나리 만개한 남산 계단길
찰랑이는 물병처럼 이유도 없이 설레곤 했다
그들은 지금 어디서, 어떤 삶을 살고 있을까
성공한 사업가가 됐을까, 중견 건축가로 살고 있을까

강단에서 학생들을 가르칠까
주인장이 취해 있을 때가 많고, 계산도 알아서 해주던
관수동 벗나무 대폿집

화가 K

달밭마을에 가면
화가 K의 금귀고리 같은 별들이
밤하늘을 수놓는다

한쪽 눈은 연꽃 못에 빠트리고 들판을 달리는 그가,
농부로 변신하기 위한 노력은
그림으로부터 시작되었다고 한다

논두렁 도서관과 사과밭 화실을 드나들며
봄, 여름, 가을, 겨울
빛깔이 다른 화법畵法으로 그림을 그린다

그에게는 영혼을 들여다보는 거울이 있는지
보이는 왼눈으로 볼 수 없는 세상을
보이지 않는 옳은 눈으로 꿰뚫어 보며
황소처럼 우직하게 산다

민들레가 금빛 융단을 까는 봄이면 소식이 온다
— 친구야, 사과꽃 보러 안 오나?
— 올해도 꽃이 억수로 마이 왔데이

자신의 운명을 하늘에 맡기고
주머니에서 만물 공통어인 연애담을 꺼내며
해야 할 일을 과학서나 철학서를 읽듯이 해낸다

바위와 냇물, 꽃과 나무들
새끼 멧돼지와도 대화를 나눌 줄 안다
어미 잃은 고라니를 보면 그냥 지나치지 못하고
닭들을 모아놓고 가곡을 불러주기도 한다

칡넝쿨을 쳐내다가
얼떨결에 세 도막 낸 뱀을 생각하며
속죄하는 마음을 갖기도 한다

트랙터와 경운기를 몰고
동에 번쩍 서에 번쩍, 오후가 되어서야
뚜벅뚜벅 소를 타고 집으로 돌아온다

그 사이, 달에 파종한 아이들은
저마다 다른 사과나무를 타고 올라
새콤달콤한 꿈을 꾼다

봄비

일요일 아침, 상가喪家에서 밤새우고 온 남편
함께 일했던 팀장인데 안타깝다 한다
고인 이름을 묻는데 모른다고 한다
이름도 모르는 사람을 밤새워 지키다 왔단 말인가

비를 맞으며 아르바이트 간다
바다에 멍든 사람들로 이 땅은 아프고
조문객 같은 봄은 연둣빛 새 옷을 입었다

마음은 어느 레일 위를 달리는지
시험 대비 1학기 중간고사 2주 남았다
전철 안 사람들 그림자에서 물이 흐른다

수인선 환승 원인재역, 천둥소리 계단을 뛰어오른다
하늘에서 물세례가 쏟아진다
빗줄기를 보며 바뀐 우산을 생각한다

옷가게 입구에 세워둔 내 분홍 꽃무늬 우산
누군가 보라색 물방울무늬로 바꿔놓았다
우산을 바꾸듯 운명도 바꾸고 싶었을까

그림을 거꾸로 세운다고
진실이 거짓되고 거짓이 진실되겠는가
헤어진 애인이 돌아오듯 비가 내린다

한 시간 일찍 도착한 소래포구역
미래엔 빌딩, 1층 카페에 앉아
출판사 다른 문제집 세 권 답안을 채운다
창비 문영진, 비상교육 한철우, 천재교육 박영목

건너편 구두수선집
'헌 구두를 새 구두로 바꿔 드립니다'가 젖고 있다
비 그치면
나도 신록으로 물들 수 있을까

찻잔에 남은 내 입술 자국
진달래 꽃빛이다

여름, 만화경

쓰다 만 일기를 해바라기밭에서 잃어버렸다
놓친 말들을 찾느라 우는 날이 많았다
심장을 떼어 밭이랑 깊숙한 곳에 심었다

소나기 몇 차례 지나간 후
그 친구가 오래 전 일기장을 찾아준다

매미 소리 시끄러운 여름
해바라기들이 이글이글 타오른다

태어나는 것은 좋은 일이야
산책길이 일정한 나에게
간호사가 바다로 가는 길을 알려준다

목사님과 사모님이 기도해준다
연고가 묻은 긴 붕대 같은 찬송가로 상처를 싸맬 때
내 일기들이 뿌리를 내린 정원에는
소나무와 대나무, 보랏빛 꽃들이 자라고
벌들이 드나들며 꿀을 모은다

하늘에 떠다니는 애드벌룬, 나는 태양이라고 부른다
어디까지가 구원이고 구원이 아닌지
알 수 없고
여름이 아기를 안고 큰길로 나온다

세공사는 낮달을 갈아 결 고운 악기를 만들고
노란 피를 수혈받은 해바라기들
이름표를 단 채 서정적으로 익어간다

타워리프트

수직으로 오르내리는 컨베이어벨트는,
수평으로 이어진 모노레일보다 스릴 있다
밥줄만이 아닌 생명줄을 쥐고 있기 때문이다

곤충채집망 든 아이들, 냇물 깊숙이 걸어들어갈 때
보일러 온수관 속에서 눈 뜨는 새벽별
아침 일곱 시, 2인용 리프트에 몸을 싣고
고공의 첨탑을 오른다

송도국제신도시 아파트 신축 현장
안전 사다리에 허리를 묶고 별을 점등하노라면
한낮에도 파노라마를 펼치는 은하
보이지 않는, 거울 너머 세상과 땜질하며
살을 깎아 미완의 꿈을 잇는다

땀방울로 부화시킨 쇳가루
담으면 몇 포대나 될까

러닝셔츠에 바짓가랑이에 양말 속까지
골고루 숨어든 반딧불이들 콕콕 찔러도

노동자의 설움 같은 건
안전화에 떨어진 불티처럼 날려버린다

구멍난 작업복에 세제를 풀며
가난만은 물려주지 않겠다고 결의하는 밤
밤길 좌표가 되어주는 가족이라는 별빛
세탁기에 돌려도 죽지 않는다

냇물 아래쪽에서 상류 쪽으로
헤엄치노라면
날개를 펴는 빛, 빛, 빛…

아이들 영어학습지에 앉았다가
옷장 속에 숨었다가

아내가 밤새 엮는 시집詩集 속
왕관좌로 떠오른다

오동나무가 있는 골목
— 인천도시산업선교회

샐비어 마른 꽃잎 바람에 몸을 터는 밤
아버지에게서 모래가 동봉된 편지가 왔다
엄마 눈에서 굵은 모래알이 떨어지고 있었다
벽 속에선 끊임없이 모래들이 흘러내리고
뒤뜰에서 파삭파삭 종잇장 구르는 소리가 났다
벽에 벽을 달아 세운 별채 방 한 칸
한여름에도 문을 닫고 살아야 했다
길고양이가 얇게 저민 울음을 들이밀고
기타 소리가 벽을 두드렸다
집집마다 작업복 빨래가 희망처럼 나부끼는 골목
만석부두로 이어지는 길을 따라가면
솜을 틀어 실을 뽑고 천을 짜는 방직공장이 나왔다
골목으로 통하는 하늘색 유리문 너머
하루 일을 마치고 돌아오는 사람들 발소리가 들렸다
일요일이면 엄마는 내 손을 잡고 교회에 갔다
부디 인간다운 삶을 살게 해달라는 목사님 설교
언니의 눈물을 닦아주었다
— 하나님 앞에서 우리는 동등한 딸이고 아들이다!
— 장님이 되지 말고 눈을 떠라!
— 무릎 꿇지 말고 당당하게 살아라!

— 귀머거리가 되지 말고 귀를 열어라!
— 벙어리로 살지 말고 말하고 살아라!
가위를 잡으면 미용사가 되고
드라이버를 잡으면 수리공이 되는 전도사님
미끄러운 눈길도, 비탈진 언덕길도 마다않고
송림동 달동네를 올라다녔다
장성한 손자들 혹처럼 달고 사는 주인 할머니
눈동자 꽈리처럼 붉은 오씨와 자주 바뀌는 안주인들
형인지 동생인지 구분 안 가는 그 집 막내아들
책을 들고 화장실을 자주 드나들었다
궁금증 유발시키는 방 여럿 숨어 있는 집
오동나무 앞 화장실엔 밑이 없었다
자갈돌 깔린 바닥엔 언제나 맑은 물이 솟구쳤다
그 집을 관통하는 물길 어디서 와서 어디로 가는지
화장실 앞 오동나무도 쉿! 할 뿐
은밀한 기쁨 같은 그곳은 내 몽상의 무대
십자가 불빛 하나, 골목의 어둠을 쓸어내곤 했다

봄날, 그들은 낚시를 다녔다

그들은 저마다 계획을 세워
집에서 조금 가까운 곳으로 낚시를 다녔다
아버지는 낙동강 상류에, 첫째는 소양댐 지나 월명리로
둘째는 삼척을 거쳐 필리핀으로
막내는 영주댐 근처 금계리로

강물이 던진 미끼를 물고 금맥을 찾는 아버지
우리는 허리까지 차오른 물에 낚싯줄을 던져놓고
저마다 대박을 꿈꾼다

큰애야, 너는 언제 장가갈 거니?
베트남 아가씨라도 사오면 안 되겠니?
여긴 계단이 가파른 동네예요
바닥이 울퉁불퉁한 방은 참을 수 있지만
칸막이 없는 한통속은 참을 수 없어요

둘째야, 이혼은 안 된다
내 눈에 흙이 들어가도 이혼은 안 돼!
대공원에서 찍은 저 많은 봄날은 어쩔 거니?
이혼이 무슨 죄인가요?

가족을 바꿔도 저는 좋은 아빠가 될 거예요
비가 올까 걱정은 하지 마세요
김밥과 사이다를 싸주세요

막내야, 가을엔 결혼식을 올리자꾸나!
방송국으로 복직부터 하고요
그만 촛불을 끄고 케이크를 잘라요

애, 너도 그 시 좀 그만 써라
먹고살 생각은 안 하고
살구나무 꽃잎을 화르르 흩뜨린다

그냥 두세요, 다들 멀리 가진 못했잖아요
어머니가 쳐놓은 그물은 변덕스러워요
글만 써도 살 수 있는 날이 올 거예요
목련나무 자꾸 벌어지는 손등을 싸맨다

엄마, 이거 받으세요!
제가 맨손으로 빌딩을 낚았어요
안경이 환호성을 지른다

노란 담장이 있는 벽돌집

　새 옷을 입고 고모 손을 잡고 나들이를 갔습니다

　햇살을 받으며 노란 담장이 있는 벽돌집 앞에 다다랐습니다

　담장엔 목을 길게 뺀 개나리들이 꽃을 피우는 중이었습니다

　고모의 하이힐 소리 또각또각 담벽을 울리는 골목

　사각의 창틀 안에서 밖을 내다보는 눈동자들을 보았습니다

　한 학생이 단추를 풀어 헤친 채 벽에다 이마를 짓찧고

　입가에 멍이 든 여자가 짐승처럼 울부짖었습니다

　온통 노랑으로 물든 그 집 마당에서 나는 그만 멀미를 할 뻔했습니다

　제복 입은 남자가 허공을 향해 소리를 꽥! 질렀습니다

　움찔 놀란 골목이 담장 안으로 사람들을 구겨넣었습니다

　어떤 기도와 갈망이 담긴 눈빛들이 구조요청을 하는 것 같았습니다

　순간, 벽을 울리던 메아리가 붉은 포도주로 변하는 걸 보았습니다

　화장실 거울 속에서 한 청년이 주물로 된 상체를 들고 나왔습니다

세면대에 올려놓고 사이즈가 맞는지 확인을 했습니다

수도꼭지를 돌리자 맑은 물이 쏟아지다가 진한 핏물로 변했습니다

턱수염이 까슬한 남자의 혼백이 물커튼처럼 흘러내렸습니다

나와 고모는 고모 친구가 일하는 식당으로 갔습니다

장화 신은 고양이가 김이 푹푹 나는 갈비탕을 뒤적였습니다

고모 친구가 차려준 밥상에서 소독약 냄새가 났습니다

해독하기 어려운 기호 같은 세계를 해독한 날이었습니다

모자보건센터 607호실

'오늘 밤, 오늘 밤을 못 넘길 듯해…' 복도를 서성이는 남자의 목소리 방염 커튼으로 스며든다 오늘 밤 나는, 4일간 나오지 않던 수술 가스가 나왔고 저녁 식사로 나온 미음 국물을 먹었고 전화를 받을 수도 있고 트랙 같은 복도를 두 바퀴나 돌았다 무통주사를 뺐고 옆구리에 달았던 피 주머니도 떼어냈다

수액 주머니에서는 맑은 생각이 흘러들어오고 줄을 대지 않고도 소변을 시원하게 보았고 아랫배 통증도 가라앉았다 간호 견습생들이 손등에 벌집을 만들어도 참았고 민둥머리 여자가 내 앞을 지나갈 때, 화장실 세면대에 고인 그림자에 시선을 두기도 했다

오늘 밤 나는, 첫아이를 안던 순간의 감개무량에 대해, 내 뱃속에서 나온 물고기에 대해 물고기 뱃속에서 나온 요나에 대해 풍랑이 일던 바다를 잠재운 기도에 대해 기적 같은 내 삶에 대해 생각하고 있었다

한 시간에 한번 체온과 혈압, 맥박을 재러오던 간호사들도 오늘 밤엔 잠잠하고 방염 커튼으로 스며든 오늘 밤의 무

게만 숨소리를 낮추게 한다

　오늘 밤이라는 장르와, 오늘 밤으로 요약되는 한 사람의
일생을, 수액주머니가 한 방울씩 내보내는 말씀을 혈관 속으
로 밀어넣으며 나는 내 심장 소리에 가만히 귀를 기울인다

만월滿月
— 4·3 평화공원

봉개동 평화공원에 보름달 떴다
그릇 굽는 일이 꽃 시절일 때
다랑쉬오름 돌 가마터엔
밤마다 식지 않는 달이 떴다

반듯한 길 열망하다가
대문 앞에서 저지당한 사람들
인권이 떠난 자리 피울음이 솟구쳤다
동백이 무더기무더기 피었다

불과 불이 만나 일가를 이룬
그곳이 주소다
불은 그토록 내장까지 태웠지만
금이 가거나 흠집이 나진 않았다

청자상감 운학문 달항아리
역사를 담는 큰 그릇으로 다시 태어났다

밤길 걷는 이의 등불이 될 것이다
강물 속 흐르는 노래가 될 것이다

3부

로제와인

황구렁이

꽃씨를 심을까
꽃을 따줄까, 숨소리 푸른 아이야

네 피는 열에 민감하다지
뼈와 살에는 금박무늬를 새겼고

돌 속에서도 귀를 열었던가
석류나무 그늘이 붉게 흔들리는구나
태양을 향해 몰래 울던 아이야

내가 너를, 네가 나를
여기까지 데리고 왔구나

찔레꽃 넝쿨 아래 허물을 벗고
저 푸른 솔밭으로 가자꾸나

석류 익을 때, 석류가 익을 때

학가산, 하늘 아래 첫 동네
바위문이 열린다

왕관을 쓴 파랑새

1
청소 마친 친구들 잔디밭으로 모였네
우리는 각각 다른 빛깔로 책갈피 속을 드나들었네

나무에 오른 너는 메아리를 따서 던졌네
— 이거 안 받을 사람!
올려다본 가지에 왕관을 쓴 파랑새 한 마리
금빛 물고기를 물고 두리번거렸네

내 심장 둥둥 북을 울렸네
하늘은 끝없이 높고
피아노 소리 산 너머 보리밭까지 넘실거렸네

내게 단풍잎 따주고 햇빛 속으로 떠난 너

가을 저녁, 푸드득 내 품으로 날아든
파랑새 한 마리
먼 남쪽에서 왕관을 들고 찾아왔네

2

우리는 성냥을 들고 나무 속으로 갔지
서로의 심장에 불을 지폈지
내 붉은 꿈도 훔쳐보았을까

내가 네 안에
단풍 들 때 뻗치던 설렘

계곡을 오르면 이슬로 와닿는 안개
첫 마음으로 오는 그 길 문득 밝다

우리 다시 만난다면
너는 내 안에, 나는 네 안에
흔들리지 않는 나무로 서서
물빛 찬란한 강 함께 흐르고 싶다

나는 너를, 너는 나를 물들이며

작약도

그날, 월미도행 전철을 타지 않았더라면
영종도로 가는 배
타지 않았더라면

그의 눈 속에 먹먹하게 펼쳐진
서해 물빛 가슴에 담지 않았더라면
너와 영원히
함께하고 싶다는 그 고백
듣지 않았더라면

몇 달을 살았다는 아현동 산동네
모르는 동네였더라면

그의 등뼈 속으로 스미는 바람 소리
듣지 못했더라면

낮달로 떠서
냇물 속 찰랑이는 얼굴 들여다보지 않았더라면

작은 배 한 척

내 앞으로 밀려오지 않았더라면

그 섬에 우리 둘 외에
한 사람이라도 살고 있었더라면

나는 시를 쓰지 않았을 것이다
시인詩人은 되지 않았을 것이다

내가 바르고 싶은 색은 빨강

창에 뜬 초승달을 본다
달이 하얗다
아니 노랗다
주인을 잘못 만난 내 손톱 같다
조금은 외롭고 조금은 느긋하게
손은 그 사람의 얼굴이라는데 나는 나를 아껴주지 못했다
내가 바르고 싶은 색은 빨강
눈썹달 눈꼬리가 가슴속 실개울을 흐르게 하는 밤
바람은 왜 앞으로만 부는지, 왜 뒤로는 불지 않는가
그대 사는 마을이 반짝반짝
북극성과 남십자성이 반짝반짝
섬과 섬 밤의 끝자리들이 반짝반짝
반짝임은 기다림 끝에 피어나는 꽃일까
기다림은 광택을 가진다
광택이 나도록 순수한 마음을 유지할 것
색이 나오도록 살아볼 것
별이 반짝인다는 건 바다가 빛난다는 건
내 삶도 반짝이고 있다는 것
내가 바르고 싶은 색은 빨강
번번이 지웠다가 다시 바르는 빨강

베이스코트로 시작하고 탑코트로 마무리한다
이번 생은 좀 더 단단하고 매끈하게

저기 불이 켜지네

저기 불이 켜지네
저 불은 무슨 불인가?

— 할머니, 저건 석양이에요 저녁노을

시끄러워!
내가 저 불을 하루 이틀 봤나
참 이상도 하지
저녁만 되면 저기 불이 켜지네

돈암동 풍림아파트 놀이터에 앉아
저녁만 되면
저기
불이 켜지는 까닭에 골똘해하시는
저 어르신이 나보다 심오한 시인 같은데

저녁만 되면
저기 서쪽 하늘에 불이 켜지는 이유
나는 왜 누구에게
물어볼 생각을 못했을까?

산둥반도 너머 작은 마을이던가
별들이 반짝이기 시작한다

저녁이 올 때면
저 하늘에 이글거리는 햇덩이처럼
내 명치가 서늘해지는 이유

당신은 알고 있을까?

녹음綠陰

그 문은 노인의 전용 스크린이다
노인이 액자 속 그림을 들여다보기 시작한 것은
하반신을 쓰지 못한 이후부터다

그의 일과는, 손목에 묶인 끈의 반경 안에서
세상을 들여다보는 일이다

문이 그를 가두어두는 동안
끈이 노인의 손목을 친친 감는다

복숭아꽃이 피었다가 지고
콩밭머리 빗줄기가 다녀가고
민주화 고속도로가 났다

액자 속 그림이 여러 번 바뀌는 동안
빨갱이에서 유공자로 인권은 회복되었지만
그날의 악몽 쉽게 잊히지 않는다

칡넝쿨이 내려왔다 올라가고
눈보라가 몇 번 더 다녀간 후

노인이 화면 밖으로 나간다

풍경은 만삭이다

희망으로 와요

그날, 옆자리에 앉았던 남자가 하던 말
장대 끝에 매달린 오징어처럼 나부낀다
— 거기 있지 말고 희망으로 와요!

아, 그 말을 얼마나 하찮게 여겼던가
얼마나 가볍게 흘렸던가, 그가 일러준
희망을 무시하고 절망과 짝이 되어 살았던가

잘못 누른 건반처럼
약자라는 이유로, 설움이 나를 엎지를 때면
참을 수 없는 분노에 진저리쳐야 했다

동대문 평화시장에서 용산 4구역 농성장 망루에서
시청 앞 광장에서, 차별 없는 세상
자유와 인권 수호를 위해 저항하다가,
폭압의 물대포에 쓰러진 나무들

역사歷史 광장 한가운데 우뚝 서서
횃불로 어둠을 밝히는 청년 전태일

광장을 가로질러온 나비 한 마리
내 손등에 와 앉는다

아직 늦지 않았다, 주소가 어디 있더라?

안개 걷힌 새벽 전철 승강장
젖은 머리카락 바람결에 털며
출근 열차에 몸을 싣는다

부자론富者論

주식 씨와 이자 씨는 부부다
가난한 집 맏딸로 태어난 그녀
그는 그녀의 꿈, 영혼, 우상이다

사랑에 복리를 더하느라 목이 마른 이자 씨
가지면 가질수록 더 갖고 싶고
세상 모든 게 자신을 위해 존재하는 것 같다

온전한 내 것이 되려면
변화와 분석이 필요했다
시멘트 바닥을 깨고라도 물을 퍼올린다

욕실 앞에 놓인 수건처럼
잔디밭에 떨어진 파지처럼
자존심 상할 때 많았다

뒤늦게 그의 진심을 알게 된 주식 씨
동상이몽 각방을 청산하고 의기투합한다.

소유와 존재는 다르다는 걸

문리文理와 물리物理는 같지 않다는 걸
이제는 알 것 같다

방 안에 앉아서도 삼천리를 본다
그녀가 집을 사면
그 동네 집값이 두 배로 오른다

가는 곳 어디서나 물이 솟구친다
폭포수가 터진다
가끔 찾아오던 동창생
통화 불안 옛 애인이 와도 끄떡없다

주머니처럼 붙어 있어야 마음이 놓인다
천사가 따로 없다

누구에게도 뺏기고 싶지 않은,
잠시만 멀어져도 공복감이 드는 절세가인折稅歌人
오, 나의 왕비 재테크의 여왕
하는 일마다 운수대통이다

한글학교 가는 길

쌍천리회관 앞에 나비들이 모인다
평생 자식, 손주 위해 살아오신 모천댁
육두문자 입담 구수한 고시댁
무화과나무집 샛골댁
차려입은 저고리 화사하다

넬모레 관 속에 들어갈 사람이 시방 글자는 배워서 뭣헌
디야!
성님, 그런 말씀 마시시오
죽기 전에 까막눈 좀 틔워볼랑게라
저승 갈 때 까막눈은 떼고 가야 쓸 것 아니요잉?

모천댁 대꾸에 회관 앞 보리이랑도 저릿하다
손녀에게 배운 아라비아 숫자가 학력의 전부인 정금례
여사님
팔순 넘어 시작한 늦공부에 자운영꽃이 핀다

냇물 속 고기 떼 같은 손자들이 보낸 편지
창고에서 거미줄을 쳐도 만져보고 품어볼 뿐
고지서가 나와도 수해복구 자금이 나와도

읽어볼 수 없었으니
쌓아둔 이야기가 한 보따리다

뒷산 묏등에 앉은 청띠제비나비 향해 소리친다
영감! 나도 인자 학교 댕길라요!
봄바람에 섞여드는 수다, 풀들이 깔깔깔 웃는다

주어도 못다준 것 같은 모정母情
자신만을 위해 산 날 몇 날이나 될까
유채꽃 흐드러진 둑길 따라 한글학교에 가신다

딱따구리 같은 시어머니 시집살이
칠 남매 혼자 키운 청상의 세월
냇물 따라 흘려보내며
유채꽃 흐드러진 둑길 따라 한글학교에 가신다

함평천지 보리밭 오가는 바람도 코끝 시큰하다

라식

거울 속에 갇힌 달이 있었는데요

덕분에
세상 제대로 볼 수 없었고요

오독과 착란 사이
오래 배회했는데요

긴 터널 지나는 동안
쪽배 한 척 떠다녔는데요

드디어 나를 가리던
슬픔의 눈물막 떼어내는데요

빛이 오는 봄날인데요

4부

화이트와인

구름도서관

나는 햇살 눈부신 들판 한가운데 서 있다
왼쪽 서가는 벼가 익는 논이고, 오른쪽 서가는 잔잔한 호수다
길 양편엔 오동나무 고목들이 줄지어 서 있다
헤르몬산에서 흘러들어온 눈 녹은 물일까
물빛이 투명한 에메랄드 빛이다
이곳은 주홍글씨가 사는 강물일까?
어쩌면 용이 사는 바다인지도 모른다
오징어와 감성돔, 왕새우가 자유롭게 헤엄쳐 다닌다
은유와 상징으로 이루어진 이곳은 생명의 보물창고
배고픈 자에게는 빵을, 목마른 이에게는 물을 준다
서정抒情의 마지막 보루를 지키는 인문학의 용사들
시집 한 페이지를 열자 나비와 새들이 날아오른다
그들의 주요 목표는 포도주와 빵을 진보시키는 것
아름답다는 기준은 어디에 둬야 할까
언어가 가슴을 대신할 수 있을까
오늘은 어떤 빵의 행적을 따라가볼까
중세로부터 비단실을 뽑는다는 스테디셀러
몇몇 책들은 진주를 품은 듯 묵묵하다
거목들과 키가 나란한 젊은 벽오동 한 그루
봉황이라도 깃들기를 기다리는가
햇빛 속으로 뿌리를 내린다

반대편에서 기다리다

반대편에 있는 줄 모르고
오지 않는 기차를 기다리곤 했다
반대편에 선다는 건, 빨리 갈 수 있는 길을
멀리 돌아가는 것

중앙선 열차가 청량리행과 부산행으로 엇갈리던
그날 이후
돌아오는 사람보다 떠나는 사람이 많았다
단풍잎 같은 얼굴, 플랫폼에 서 있곤 했다

반대편은 가장 가까우면서도 먼 곳
역逆방향으로 달리다가 돌아올 때가 있다

국제업무지구행 열차를 타야 하는데
가다가보니 계양행이다
공덕역에서 갈아타야 하는데 홍대입구역이다

적색 신호등 앞에선 건너려하고
녹색등 앞에선 서 있곤 한다
사람들이 나와 반대편 동네로 몰려갈 때

혼자 남아 손톱을 기르기도 했다

시간표 각기 다른 사람들
어지럽게 섞이다 흩어지는 역사歷史 광장
아직 가야 할 길이 있는지
기차는 강물 위를 달려오고

목적지 같은 사람들, 다시 시작을 꿈꾸는
서정抒情행 무궁화호 승강장
먼 길 돌아 너에게 가는 길

하마터면 놓칠 뻔한 기차가 온다
코스모스 꽃대 바람에 흔들린다

옷걸이

앞산 마루에, 구름이
가을 신상 점퍼처럼 걸려 있다

나를 받아줄, 반듯한 옷걸이 하나 갖지 못해
어깨 한쪽이 처진 나
식구들이 벗어놓은 옷걸이들을 줍는다

가장이라는 옷걸이 옆에 아이 둘을 건다
좋은 옷도 걸어놓지 않으면 폼이 안 난다
사람보다 더 사람 행세를 하는 옷걸이

등판이 자주 우는, 내 자주색 양피코트
목숨 가진 것들의 품격은
옷걸이에 의해 좌우되는지 모른다

여름내 푸른 가지를 펼치느라
물든 단풍나무들
숲이 옷걸이들로 빽빽하다

고단한 새들 쉬어가는, 삶이라는 옷걸이

햇살로 짠 시詩 한 벌
내 몸에 입힌다

건너편 계양산이 다가와 나를 받아 건다

카프카의 연인*

우편함에 꽂혀 있는 낮달을 보았어
필연은 우연으로 가장하기도 해서
주소가 바뀐 건 실수가 아니었어

한쪽은 생활에, 한쪽은 꿈에 기대며
가족이라는 가정이라는
울타리를 뛰어넘으려 했어

견딘다는 건 절정이라는 뜻이야
덩굴손은 창문을 오르고
절정은 단맛보다 서러운 맛에 가까워
침묵만이 유용한 기법이지

가깝거나 먼 화요일이
개어놓은 수건처럼 다녀갈 때면
문장에 밑줄을 긋다가 물비늘 속으로 숨곤 해
그림자만 앉혀두고
나에게서 빠져나올 때가 많아

신뢰와 불신이 숨바꼭질하는 줄 모르고

농연濃煙 한가운데 있는 당신을 보았어
발화점을 환기한 건 나야

불 무서운 줄 모르는 당신이 취해 있을 때
일어나라고, 어서 그녀들에게서 벗어나라고
신호를 보냈지만 당신은 알아채지 못했어

흔들리지 않고는 지탱할 수 없는 나를
흔들려야 안락한 당신을 견디느라
휴대폰을 열었다 닫곤 해

꿈과 생활이 한 솥에서 끓는 동안
포개놓은 밥그릇 수북해
갸우뚱함으로 일상을 유지하는 중이야

*밀레나 예젠스카. 카프카의 뮤즈이자 영혼의 동반자였다고 함.

오후의 마루방

봄볕 숨어드는 특수학급*
창가 난蘭분 꽃대 하나 향기롭다

스무 평 마루방
선생님 한 분
아이 셋

꽃씨 뿌린 틈새 얼굴 내민 잡초
선생님 이마에 진땀이 흐른다

도망친 놈
벚꽃 핀 두류공원에 가 노닐고
목이 말라 냉수 한 컵 마시는 사이

찾아온 아이
더듬더듬
벽을 타고, 창틀을 타고
창문에 시냇물을 그린다

말[름]이 건너가지 못하는 희찬이

빨주노초파남보… 무지개 붓으로
바위 속에 해와 달을 그린다

농협 사거리 지나, 빵집 지나, 주유소 지나
유창하게 걸어나오는 영어 단어
children, children…
APEC GAP, APEC GAP…

햇살이 젖은 책갈피를 말리는 오후
미로 속 어디에
이 진주 묻혀 있었나!

민달팽이 한 마리
소리 없이
난蘭 잎을 기어오른다

＊윤재환 선생님.

청계대로清開大路

물이 온다
기다리던 답장이 오듯, 합격통지서가 오듯
출렁출렁 물이 온다

청계로와 세종로
골목과 골목을 타고 맑은 물이 온다

담장과 담장 사이
골목과 골목의 어깨를 적시며
모래를 적시며
두근두근 물이 온다

경계를 지우며, 얼룩을 지우며
출렁출렁 물이 온다
키 낮은 풀들
갈증 해소해줄 물이 온다

남산을 한 바퀴 돌아온 물이
북악을 거쳐온 물과 합류한다
담장 너머 해바라기 덩달아 목을 축인다

출렁이는 길이 나팔꽃 덩굴을 적신다
들깨 모종, 고춧대 새끼 자리 차오른다
동백이 매화가 무더기무더기 핀다

살겠다고 살아보겠다고 몸부림치던
오이, 호박, 가지, 포도나무 다시 싹을 틔운다
교복 입은 아이들 잎눈마다 꼬생이가 생긴다
햇살이 광장을 가득 채운다

알에서 막 깨어난 새들 눈을 뜬다

냉장고

할머니, 들어가 계세요

오냐, 그때까지 썩지 않고 있으마.

썩지 않을 만큼의 추위가 방치된 노인

온도조절 장치가 소용없다

집을 비울 때마다 번번이 플러그를 뽑으신다

전화 받지 않는 아들에게 재다이얼을 누른다

속을 잘 닫지 않아 눈물이 샌다

텔레비전 켜놓고 주무시는 냉장고

들판 건너온 바람이 너른 집을 웅웅 돌린다

코드 빼면 죽어요, 할머니

도청에서 나온 복지사가 락스로 속을 닦는다

저물녘이면 문밖으로 귀 기울이는 냉장고

손자들이, 명절 때 모셔간 노인을 다시 보관한다

한번 닫아놓고 몇 달 동안 열어보지 않는다

온도를 낮춰도 얼지 않는 마음 하나

바깥은 눈이 쌓여도 가슴엔 히터가 돈다

달빛이 드나들며

썩었나, 썩지 않았나 확인한다

빨간 모자를 쓴 강江

뺨과 콧등에 어리는 햇살
코발트블루 빛 원피스 입은 강의 어깨를 비춘다

배경은 더욱 부드럽게
서쪽으로 자세 기울인 태양
유리창으로 끊임없이 빛을 튕겨올린다

빛과 그림자가 공존하는 전철 안
중년 남자가 옆에 앉은 여자에게 귓속말을 한다
그가 하는 말 알아듣지 못한다는 듯
또는 모두 공감한다는 듯
그녀 표정 수초처럼 흔들린다

승객들은 뭔가 기대에 차서 눈을 반짝이고
의자에 기댄 오후, 호기심으로 출렁인다
다시 한번 더 생각해보라는 듯
무언의 눈짓을 건네는 남자
전동차는 쉬지 않고
다음 역, 그 다음 역으로 속도를 낸다

여의나루 지날 즈음
나는 문득, 여기까지 오는 동안
혼자가 아니었다는 것이
물수제비뜨듯 생각난 것인데

석류 빛으로 물들어가는 나무들
잎사귀 반짝이며 손을 흔들고

날마다 다른 모습으로, 꼭 그만한 각도에서
다른 데는 안 가고
굳이 그 자리를 고집하는
강江은
레드와인 빛 모자를 쓰고
현재진행형으로 흐르고 있다

용계 은행나무

고압단자를 철거하자 떠났던 새들이 돌아온다
이번엔 누가 국회의원 될까, 대통령 될까
닫았던 귀 열고
체관을 타고 오는 물소리에 귀 기울인다

뿌리로부터 키워온 이름 석 자
창턱에 걸어놓고
수없이 들이켜야 했던 매연과 소음
길어올린 산소로 정화시킨다

태풍에 다친 팔 수액으로 싸맨다
발끝에 채이던 소문들 쓸어낸다
가슴 펴고 햇빛 쪽으로 가지를 키운다
달빛에 창을 열고 우주를 관조한다

지켜온 자존심, 유일한 이력서다
만월 속 우물을 들여다보면
지니고 온 지도 나이테로 숨어 있을 것이다

천둥 치는 밤 뜬눈으로 지새웠을

수은행나무, 젖은 눈으로 바라본다

새 한 마리 소식을 물고 온다
〈긴급 하서 통지서!〉

* 경북 안동시 길안면 용계리에 있는 천연기념물 제175호.

목련
― 경서동

남향에서 북향으로 방을 옮겼다
방을 바꾸자
햇빛도 따라 방향을 바꾸었다

서쪽으로 두었던 마음을
동쪽으로 옮겼다
밤이면 별들이 내려와 반짝였다

햇살이 누웠던 바닥에
그늘이 방석을 깔았다는 것 빼면
낮보다 밤이 따뜻했다

겨울바람이 지나가는 소리
기러기 떼가 남쪽으로 이동하는 소리
읽던 책 속으로 간간이 스며들었다

누군가 방을 구하러 오는지
새잎 돋는 소리 들린다

반려

밥 때문에
숟가락을 들고 뛰던 때가 있었다

어디로도 갈 수 있으나, 어디로도 가지 않고
눈 귀 닫아걸고 살았다

멀리한 이유를
알 것 같았다

당신 안에서 내가 끓는 동안
압의 힘으로
우리는 서로의 내부를 통과했다

내부를 통과한 뜨거움으로
참는 법을 배웠고

함께 사는 일이 가능해졌다

해설

와인-시, 발효의 미학

김정수/ 시인

1

2009년 「농민신문」 신춘문예에 당선하고, 2018년 제26회 전태일문학상을 받으며 본격적으로 작품활동을 시작한 강성남 시인의 첫 시집 『당신과 듣는 와인춤』은 특이하게도 '와인'을 책 제목에 넣고, 각 부를 와인의 종류/특징으로 구성하고 있다는 점에서 눈길을 끈다.

'와인춤'이라는 생소한 시어의 연상과 상상 그리고 그 춤을 추는 사람을 '보는' 것이 아닌 '듣는' 행위를 통해 다소 몽환적 분위기를 자아낸다. 해녀의 숨비소리를 이미지화한 표제시 「당신과 듣는 와인춤」에서 '와인춤'은 "가장 깊은 음역의 시詩"를 쓰는 행위이면서 "그가 그녀(의) '파' 건반을 지그시" 누르자 물속과 수면에서 춤을 추는 것으로 묘사된다. 와인을 따르거나 마시는 행위는 해녀가 바닷속에서 유영하거나 수면 밖으로 나오는 것으로, 다시 '와인춤'을 추는 것과 한 편의 시를 완성하는 것으로 이미지가 중첩된다. "내면 깊숙이 숨을 불어넣"어 오래 숨을 참는 것은 시의 순간

114

을, "발꿈치를 들고 스텝을 밟는" "잃어버린 말[言]들"은 시의 전율을, "숨어 있던 기억들을 조율"하는 "무수한 밀어들"을 통해 시의 절정을 순차적으로 보여준다.

시인은 와인의 이미지에서 춤과 해녀 그리고 시의 이미지를 끌어와 정밀하게 배치한다. 시적 화자인 그는 상징적으로 연주할 뿐만 아니라 '와인춤'을 완상하는 주체다. 아니 "나이면서 내가 아닌/ 당신"(「시인의 말」)과 함께 '와인춤'을 듣는다. 표면적으로는 '나'와 '당신'을 동일시하는 이 문장이 지시하는 방향을 가만히 응시하면 '나'와 '당신' 사이에 '아닌'이라는 부정의 거리감이 상존한다. 이 좁히기 어려운 거리감은 "시접"(이하 「나를 수선하다」), 즉 접혀서 옷 솔기의 속으로 들어가 지금은 보이지 않지만 언젠가는 접힌 부분을 풀어야 하는, "오해의 그늘"이다. 또한 마음의 여백이면서 상처, "아름다운 무늬" 같은 다중의 의미를 내포한다. 술(와인)은 마실 때는 달콤하지만, 중독되면 심각한 부작용을 초래할 수 있음을 뜻한다.

그러면 왜 와인일까. 시인은 제목뿐 아니라 의도적으로 1부 '스위트와인', 2부 '레드와인', 3부 '로제와인', 4부 '화이트와인'으로 시집을 구성하고 있다. 로드 필립스는 『와인의 역사』(시공사, 2002)에서 "와인은 발효라는 자연발생적인 과정의 산물"이라고 했다. 와인과 포도의 성분이 정확하게 일치한다는 점에서 "포도알은 저마다의 작은 양조장"이라고도 했다. '와인'의 자리에 '시'를 넣어보면 어떨까. 시는 자연의 관찰과 관계성, 경험이 머릿속에서 숙성/발효의 과정을 거쳐 얻어지는 산물이다. 광의의 자연에서 얻은 산물을 약간의 가공을 거쳐 완성한다는 점에서 와인과 시는 닮았다.

와인을 만드는 과정은 의외로 간단하다. 포도 과육을 으깨서 과당과 이스트를 섞고, 공기를 완전히 차단하고 발효될 수 있도록 상온에 보관하면 된다. 시를 쓰는 것도 숙성의 시간을 거친 시의 제재題材를 으깨서 상상과 경험을 섞고, 비유/은유로 포장한 후 일정 시간이 경과한 후 퇴고하면 된다. 그래야 "터치감과 상상력이 풍부"(이하「빵과 골목」)한 "치유력이 강"한 시를 생산할 수 있다. 포도가 와인으로 탈바꿈하는 과정은 의외로 간단하지만, 와인은 "수많은 선택이 낳은 결과물"이다. 포도나무를 어느 곳에, 어떤 품종을 심을 것인지부터 가지치기, 솎아내기, 수확하기 등과 주조 과정에서도 어떤 식으로 압착하고 발효시킬 것인지, 껍질을 넣을 것인지 뺄 것인지, 앙금을 남길 것인지 뺄 것인지, 첨가물을 넣을 것인지 말 것인지 등의 선택에 따라 와인의 맛은 달라진다.

시도 어떤 사물/대상을 선택하고 관찰하는지, 어떻게 시를 전개할 것인지, 시어 선택과 상상력, 개인적 경험 등에 따라 시의 맛이 달라진다. 와인의 종류가 복잡하고 다양하듯이, 시도 의도와 방식, 목적 등에 따라 다른 색깔을 드러낸다. "수만 개의 금맥"을 캐듯, 다양한 시를 창작할 수 있다. 색깔과 당분, 탄산가스에 의해 와인을 분류하듯이, 시의 빛깔과 맛의 특성에 따라 이번 시집을 구성한 것은 아닐까.『보물섬』『지킬 박사와 하이드』등을 쓴 로버트 루이스 스티븐슨은 "와인은 병에 담긴 시詩"라고 했다. 지금 눈앞에 다양한 병에 담긴 다양한 와인/시가 놓여 있다. 이제 시인이 정성껏 빚어 내놓은 와인/시의 맛을 음미하는 시간을 가져보자.

2

1부 '스위트와인'의 계절은 봄, 색깔은 분홍이다. "원고지같은 봄날/ 햇살들 마라톤대회"(「이메일」)를 열고, "버드나무는 분홍 원피스를 입"(「물의 뜰」)는다. "잠에서 막 깨어난 나비"(「은행나무 제본소」)가 날고, 뱃속에선 "금빛 나비 한 마리가 숨"(이하 「나를 수선한다」)을 쉬고 있다. 하지만 그 나비는 "산부인과 수술"할 때 날아든 "복통腹痛의 주인공"이다. 봄이 마냥 달콤하지만은 않다, 나비는 생명(「나를 수선한다」), 자아(「나비」), 희망(「희망으로 와요」), 사람(「한글학교 가는 길」), 진보(「구름도서관」) 등 존재와 세계를 한 단계끌어올리는 매개 역할을 한다. 즉 상처나 고통으로 좌절할수 있는 존재에게 희망을 부여해 긍정으로 세계를 이끈다. 겨울이 아무리 혹독해도 봄이 온다는 메시지를 제공한다.

강성남의 시에서 봄을 상징하는 색깔은 나뭇잎의 '초록'과 꽃의 '분홍'이다. 시인은 초록보다 분홍에 눈길이 더 오래 머문다. 분홍은 빨강/여름과 하양/겨울을 배양한 색깔이다. 역사적으로 보면 분홍은 남성성을 상징하다가 여성성으로 변모하지만, "분홍 봉투"(이하 「블루오션」)에 "갖고싶은 사랑을 골라 담"는 행위나 "분홍 원피스엔 자꾸만 꽃가루가 달라붙"(「나비」)는 것에서 알 수 있듯, '도색桃色'이나'사랑'을 상징한다.

엄마는 나를 꼭꼭 접어 봄 속으로 내보냈다

괴어놓은 돌이 자주 흔들리는 정릉동 산허리, 새 교실
맨 앞자리엔 고향에 두고온 책상이 따라와 있었다 버스를
타고 광화문 앞에서 내리면 종로소방서가 보일 거야 청
진약국을 끼고 한옥 담장을 따라가 서울 지리에 깜깜한
나는 아담한 '아담'이라는 요정을 용케 찾았다 커다란 나
무 대문 안에 연못, 수면에서 반짝이던 물비늘이 일제히
나를 비추었다 마루엔 속저고리만 걸친 여자들이 화투를
치고 세상의 꽃들은 모두 모여 피고 있었다 주인 마담은
내 이름을 안다고, 빳빳한 지폐 한 장을 쥐여주었다 진홍
색 모란처럼 온몸이 물들어 나오는 내 귀엔 드르륵 장지
문 열리는 소리가 들렸고 열세 살 분홍 원피스엔 자꾸만
꽃가루가 달라붙었다

봄이 그려준 약도 한 장 들고, 봄 속의 봄을 건너고 있다
—「나비」전문

어느 봄날, 바쁜 엄마는 "열세 살", 어린 나에게 심부름을
시킨다. 경북 안동 학가산 아래 산골에서 태어난 시인이 서
울 정릉 산동네로 이사를 한 열세 살 때다. 엄마는 가는 방
법과 약도를 그려 "꼭꼭 접어"서는 손에 쥐어주면서 조심히
갔다오라고 신신당부했을 것이다. 집을 나서는, 아니 약도
를 받는 순간 나는 한 마리 나비가 된다. 화자의 사물화는
강성남의 시의 특징이다. 팔랑팔랑 날갯짓하며 "정릉 산허

리"를 출발한다. "버스를 타고 광화문 앞"에서 내려 "종로소
방서" 부근 "청진약국을 끼고 한옥 담장을 따라"간다. 하필
그곳은 "'아담'이라는 요정". "마루엔 속저고리만 걸친 여자
들이 화투를 치고" 있다. 영락없는 꽃을 찾은 나비의 이미
지다.

　이것이 오랜 시간의 지층에 잠들어 있던 기억을 떠올려
시를 쓴 이유일 것이다. 구체적인 진술은 없지만, 아니 삶
이 자주 흔들리는 "정릉동 산허리"에 사는 것이나 "빳빳한
지폐 한 장"이 의미하는 것이 엄마가 그곳 여자들의 빨래를
해주고 받은 품삯일 수도 있다. 혹은 친인척이나 동향의 지
인에게 빌리거나 빌려준 것을 받는 것일 수도 있다. "드르
륵" 열리는 장지문은 그곳의 여자들만의 것은 아니다. 그곳
의 여자들보다 더 부끄러워하는 어린 화자의 슬픔도 배어
있다. "봄 속의 봄을 건너"고서야 비로소 기억의 갈피에 고
이 접혀 있던 상처와 슬픔, 그리움을 나비라는 사물을 통해
재구성함으로 고유한 시적 소사小史를 펼쳐 보인다. 실존적
경험의 세계를 현재화해서 과거의 기억을 온몸으로 끌어안
고 있다.

　　나무들은 줄 서 있는 인쇄물이다 햇살이 블라인드를 올
　리면 왕성한 수액을 돌려야 하는 봄이 시작된다 잠에서
　막 깨어난 나비는 공원에도 가야 하고 계곡과 바다, 산과
　들판에도 들러야 한다 스노지 같은 안개, 접착본드 같은
　황사를 확인하는 것도 잊지 말아야 한다 그 사이 새로 들
　어온 왕대나무가 궁금하다 오늘 하리꼬미 해놓은 책은 수

천 페이지가 넘는 마터호른산의 자서전이다 두꺼운 양장
본으로 된 전집류도 거뜬히 소화하는 그녀 컨베이어벨트
앞을 철컥철컥 지나는 새들을 읽는다 날씨를 구분하는 간
지 속에 천둥과 빗줄기를 확인하는 것도 잊지 말아야 한
다 이곳에선 한 치의 오차도 허락하지 않는다 기쁨과 슬
픔을 잘못 접착하면 파지가 날 수도 있다 풍경은 갓난아
기부터 노인에 이르기까지 계절마다 판형 다른 나무들을
출간한다 강물은 자음과 모음으로 이루어진 하루를 매번
새롭게 입력한다 목련나무가 첫 시집을 내는 봄, 별이 내
비게이션을 다는 여름, 단풍나무가 수필집을 출간하는 가
을, 선명하게 살아나는 글자 속에 수만 번 돌아온 겨울이
새 동시집을 준비하고 있다 이곳은 빛으로 가득한 언어言
語 창고다

—「은행나무 제본소」 전문

「은행나무 제본소」는 자연의 순환 혹은 변화를 책 만드는
것으로 인식한다. "줄 서 있는" 나무들은 그 모습 그대로 인
쇄물이다. 자연이 인쇄해서 내놓은 결과물로, 제본할 순서
를 기다리고 있다. 나란히 줄을 서 있다는 것으로 보아 자
연적으로 생겨난 게 아니라 인위적으로 조림한 것이다. 목
재 펄프로 종이를 생산하고, 그 종이로 책을 찍는다는 연상
작용이다. 한데 시인은 나무 한 그루 한 그루를 자연이 디
자인하고 "하리꼬미"해 인쇄를 마친 결과물이라 치환한다.
하리꼬미는 인쇄 전 최종 단계로 '터잡기'의 일본어에서 유
래한 말로, '접는다', '휘어진다'는 뜻이다. 인쇄판 작업을 위

한, 접지 방법에 따라 1페이지 단위로 터를 잡아 효율적으로 인쇄하는 방식이다.

"오늘 하리꼬미 해놓은 책"은 "수천 페이지가 넘는 마터호른산의 자서전". 알프스산맥의 스위스와 이탈리아에 걸쳐 있는 이 산은 피라미드 모양의 만년설이 쌓인 봉우리다. 깎아지른 듯한 암벽의 험난한 지형은 "두꺼운 양장본으로 된 전집류"을 떠올리게 한다. 시인은 나무와 종이의 연상에서 한 단계 더 상상의 나래를 펼친다. 봄은 "햇살이 블라인드를 올리"는 것으로 시작된다. 나비나 안개, 황사를 통해 봄을 확인할 수 있지만, 가장 큰 변화는 역시 나무들이다. 가지가 초록으로 물들고, 꽃이 피는 것과 같은 변화다. "새로 들어온 왕대나무"가 잘 정착했는지도 궁금하다. 이 역시 인쇄물이다.

햇살이 봄을 알리지만, 가장 중요한 역할을 하는 것은 물이다. "왕성한 수액"이나 "계곡과 바다", "천둥과 빗줄기", "강물" 등의 작용으로 봄의 이미지는 한층 완숙해진다. "계절마다 판형이 다른 나무들이 출간"되고, 각종 문학서적을 출간하는 제본소가 왜 '은행나무'일까. 우리 주변에서 흔하게 볼 수 있는 은행나무는 '살아 있는 화석'으로 불린다. 동식물 대부분이 멸종한 빙하기를 거치고도 살아남은 멸종위기종이다. 세계에 하나밖에 없는 유일한 종인 것처럼 책도 세상에 하나밖에 없는 유일한 존재물이다. 또한 접지한 인쇄물이 쌓여 있는 모습에서 커켜이 지층에 쌓여 있는 화석, 즉 살아 있는 화석인 은행나무를 연상하지 않았을까. 하여 은행나무 제본소는 "빛으로 가득한 언어言語 창고"이기도 하다.

3

2부 '레드와인'의 계절은 여름이다. 적포도의 껍질을 제거하느냐 마느냐에 따라 화이트와인과 레드와인으로 결정된다. 레드와인은 껍질에서 최대한 많은 빛깔과 맛을 우려내야 하므로 발효할 때 화이트와인보다 높은 온도를 유지한다. 즉 계절에 의한 분류가 아닌 열정의 '레드'와 비교적 높은 '온도'에 주목해 제대로 색깔이 우러난 시들을 2부에 배치했을 것이다.

인생으로 치면 20~30대가 아닐까. 여상을 졸업한 20대 초반 "남대문 시장통을 오가는 나"(「소문난 경북집」)와 "관수동 벚나무 대폿집"(「화가 K」)에서 어울린 서울예대 문예창작과 학생들과의 추억, 첫 "아이를 안던 순간의 감개무량"(「모자보건센터 607호실」), 그리고 "논두렁 도서관과 사과밭 화실을 넘나들며" 빛깔이 다른 화법으로 그림을 그린 화가 K의 꿈 등의 시기 말이다.

그 꿈의 반대편에는 "내 꿈에 열쇠를 꽂은"(「0시에 나는 시계를 확인하고」), "상가喪家에서 밤을 새우고"(「봄비」) 왔다면서 고인의 이름조차 모르는 남편이 존재한다. 또한 "내일의 주인공을 맞이할 자리"(「임산부 배려석」)에는 앉을 임산부가 없다. "불과 불이 만나 일가를 이룬"(「만월滿月」) 형국이지만, 여름의 무더운 날씨에도 꽃과 열매를 맺어 결실의 가을이 온다는 희망이다.

1
화기를 가하는 건 늘 내부 쪽이다

잊으려 하면 할수록

불은 두꺼운 바닥을 투과하여

이마까지 달군다

속이 비치는 뚜껑

꽃망울처럼 부푼 목젖

허파 밑으로 드나드는 바람이 보인다

방울토마토 같은

레몬 같은

타이레놀 같은

둥근 시간들이 그녀 안을 떠다닌다

정작 그녀 자신은

제 속을 볼 수 없어 바닥을 새까맣게 태울 때가 많다

2

바닥이 다층인 그녀

급작스러운 온도 변화에 민감하다

금방 끓어올랐다, 파르르 식어버리는 성깔이 아니다

함부로 열을 가하는 것은 금물이다

서쪽 창으로 들어온 날 선 빛 한 줄기

옆구리에 박힌다

빛날에 긁힌 기억 속으로 두레박줄을 풀어 내린다

햇살과 바람으로 파도치던 시간이 수축과 이완을 반복한다

달콤한 시럽약 맛

쓰디쓴 가루약 맛

상처의 맛을 구분하는, 목구멍 씁쓸한 그녀

하얗게 불린 침묵을 넣고 뚜껑을 닫는다

열에 들뜬 이마 점점 달아오르고

뿌옇게 흐려지는 안부, 끓기 시작한다

내장 뜨거운 짐승이 푸른 눈을 뜬다

— 「냄비 속의 여자」전문

　이 시는 2009년 농민신문 신춘문예 당선작이다. 심사평에서 "산문적 진술이 덜하고, 시적 상상력이 뛰어"날 뿐만 아니라 "평범한 일상적 소재를 성공적으로 '데포르메'한 점도 장점"이라고 했다. 데포르메déformer는 대상을 사실적으로 묘사하지 않고 일부 변형, 축소, 왜곡을 가해서 표현하는 기법을 말한다. 제목은 「냄비 속의 여자」라고 했지만, 이 시에서도 여자와 냄비는 동일시된다. 여자가 곧 냄비다. 우리가 아는 냄비의 속성은 "금방 끓어올랐다, 파르르 식어버리는 성깔"이다. 냄비 속 세계는 고요와 거리가 멀다. "속이 비치는 뚜껑"으로 인해 속내를 감출 수도 없다. 내 안의 세계를, 존재의 속성을 드러냄으로써 축소하거나 왜곡할 여지도 줄어든다.

　그렇다고 해서 있는 그대로의 세계를 보여주지는 않는다. 냄비 속은 끓어오르면 우르르 일어나 금방 "이마까지 달"구고, 내용물을 변화시킨다. 냄비 "내부"가 지시하는 곳에는 울화로 화병으로 속이 새까만 여자가 보인다. "허파 밑으로 드나드는 바람"은 화병의 근원, 내부의 화기로 "타이레놀 같은" 약을 먹지만 속은 새까맣다. 성격은 다층적으로, 삶은 급격한 변화를 경험한다. "옆구리에 박"히는 "날 선 빛 한

줄기"는 "파도치던 시간"과 결합해 화기의 속성을 심화시킨
다. "상처의 맛"을 제대로 음미하게 한다.

시적 화자의 의지와 달리 주변 환경과 시간은 그녀의 편
이 아니다. 안으로 속을 끓이던 화자의 선택은 "침묵"이고,
그 결과는 "흐려지는 안부"와 "푸른 눈을" 뜨는 짐승의 시
간이다. 냄비라는 좁은 세계에서 벗어나지 못하고 뜨겁게
반응하는 자아의 운명은 스스로 데포르메한 것일 수 있다.
"수축과 이완"의 시간이 반복된다는 점에서 비극은 항시 내
재해 있다.

　　당신은 왜 내 꿈에 열쇠를 꽂았을까?

　　나는 한번도 걸어보지 못한 오선지 위에 내 꿈을 옮겨
　심는다
　　　　　　　　　　　　　　　　— 「0시에 나는 시계를 확인하고」 부분

　송도국제신도시 아파트 신축 현장
　안전 사다리에 허리를 묶고 별을 점등하노라면
　한낮에도 파노라마를 펼치는 은하
　보이지 않는, 거울 너머 세상과 땜질하며
　살을 깎아 미완의 꿈을 잇는다
　　　　　　　　　　　　　　　　— 「타워리프트」 부분

'꿈'은 당장 이루어질 수도 있지만, 시간의 숙성을 거쳐야
한다. 여러 여건상 유예되기도 한다. 특히 젊은 시절 이루

고 싶은 꿈은 오랜 준비 과정을 수반한다. "내 꿈에 열쇠를 꽂"고 방해하는 일이 생기기도 한다. 시인의 꿈은 시인이다. 그 꿈을 이루기 위해 혼자 견디기보다 "꽃나무 뒤편"(이하 「안경이 왔다」)에 "또 하나의 세계가 있다는 걸" 알려주는 조력자가 필요하다.

"서울예대 문창과"(「소문난 경북집」)에 와서 같이 시를 쓰자고 권하는 친구들과 때론 "시 좀 그만"(「봄날, 그들은 낚시를 다녔다」) 쓰라는 엄마의 지청구도 뒤돌아보면 약이다. "살을 깎아 미완의 꿈을 잇"고서야 시인의 꿈을 이룬다. 하지만 그냥 시인이 아니다. "피지 않고는 채울 수 없는"(「이메일」) 꿈의 종착에 "온몸이 시詩"(「교보문고에서 당나귀를 기다림」)가 되고자 하는 간절한 염원이 담겨 있다.

4

3부 '로제와인'의 계절은 자연스럽게 가을이다. 약한 붉은 빛이 도는 로제와인은 얼굴을 붉힌, 발그레하다는 의미의 '블러시blush 와인'이라고도 한다. 빛깔은 레드, 맛은 화이트에 가까운 색다른 매력을 가지고 있다. 빛깔이 갓 결혼한 두 사람의 핑크빛 미래를 연상시켜 새로 시작하는 신혼부부에게 어울린다. 단풍의 색깔과 새로 시작한다는 의미에서 3부를 '로제와인'이라 했을 것이다.

3부에서 시인의 태몽(「황구렁이」), 첫사랑의 두근거림(「왕관을 쓴 파랑새」), "너와 영원히/ 함께하고 싶다는 그 고백"(「작약도」), "빨갱이에서 유공자로 인권"(「녹음綠陰」)이 회복된 노인, "횃불로 어둠을 밝히는 청년 전태일"(「희망으로 와요」), 뒤늦게 공부하는 노인들(「한글학교 가는 길」) 등을 다루고 있다. 인생의 출발선에 선 사람들은 자의든 타의든 무언가를 시작하려 한다. 그것이 여성으로서 살아가면서 양보하고 포기하면서 잃어버렸던 삶의 한 부분일 수 있다. 시인은 그런 상처와 고통을 명징하고도 매혹적인 이미지로 변주하고 있다.

꽃씨를 심을까
꽃을 따줄까, 숨소리 푸른 아이야

네 피는 열에 민감하다지
뼈와 살에는 금박무늬를 새겼고

돌 속에서도 귀를 열었던가
석류나무 그늘이 붉게 흔들리는구나
태양을 향해 몰래 울던 아이야

내가 너를, 네가 나를
여기까지 데리고 왔구나

찔레꽃 넝쿨 아래 허물을 벗고
저 푸른 솔밭으로 가자꾸나

석류 익을 때, 석류가 익을 때

학가산, 하늘 아래 첫 동네
　바위문이 열린다

—「황구렁이」전문

　위에서 언급한 바와 같이, 안동 학가산은 강성남 시인의 고향에 있는 산이다. 그 산의 "바위문이 열린다"는 것은 아이의 탄생을, 황구렁이는 태몽을 의미한다. 전통적으로 황구렁이는 마을을 지켜주는 영험한 동물로 여겼다. 황구렁이 태몽은 총명한 아이가 태어날 것임을 암시한다. 이 시에서 아이를 호명하는 주체가 구체적으로 드러나지는 않았지만, 절대자이거나 출산과 운명을 관장하는 삼신할미로 보인다.

　한데 시적 분위기로 보면 황구렁이가 아이에게 속삭이는 듯하다. "여기까지" 올 수 있었던 건 "내가 너를" 일방적으로 데리고 온 것이 아니고, "저 푸른 솔밭", 즉 현생으로 같이 가자는 의미가 내포되어 있기 때문이다. 또한 전생인 듯 현생 같고, 현생인 듯 전생 같다. 이런 몽롱함이 탄생에 신비감을 부여한다. 이 시의 첫 연에서 "꽃씨"는 고기 잡는 법을, "꽃"은 고기를 잡아준다는 것의 변형이다. 즉 인생의 선배로서 눈앞의 이익과 평생 살아갈 지혜 중에 선택하라는 것이다.

　하지만 이런 선택의 질문은 "열에 민감"한 피와 "금박무늬"가 새겨진 "뼈와 살"의 고귀함 앞에서는 무의미하다. 한데 3연에 이르면 석류나무는 "숨소리 푸른 아이"를 임신한 엄마로 그려진다. 즉 석류나무 같은 엄마의 몸에 "꽃씨를 심"었고, "숨소리 푸른 아이"가 생겨난다. "석류나무 그늘이 붉게 흔들리는" 건 석류꽃이 피고 졌다는, "몰래 울"었다는 건 앞날이 평탄치만은 않다는 뜻이다. 당연히 "석류 익을 때, 석류가 익을 때"는 진통이 시작되고 끝났음을 상징한다.

거울 속에 갇힌 달이 있었는데요

덕분에
세상 제대로 볼 수 없었고요

오독과 착란 사이
오래 배회했는데요

긴 터널 지나는 동안
쪽배 한 척 떠다녔는데요

드디어 나를 가리던
슬픔의 눈물막 떼어내는데요

빛이 오는 봄날인데요

—「라식」 전문

이 시는 라식 수술로 새로운 세상을 보게 된 것을 짧은 행간에 오롯이 담아내고 있다. 일반적으로 '거울'은 반성이나 부끄러움을 상징하지만, 이 시에서는 자아와 세상 사이를 가로막고 있는 장애물로 인식한다. 시각 정보를 뇌에 전달하는 눈의 가장 앞쪽에 각막이 있다. 라식 수술은 엑시머 레이저로 각막 기질을 깎아내 굴절력을 바꿔줌으로써 근시 난시 원시 등의 굴절 이상을 치료하는 수술을 말한다. 따라서 '거울'은 각막, '달'은 각막을 제외한 수정체나 유리체 등의 비유다.

시적 화자는 자아와 세상 사이를 가로막고 있는 '거울' 때문에 사물/대상을 제대로 인식할 수 없을 뿐 아니라 "세상을 제대로 볼 수 없"다. "오독과 착란 사이"를 "오래 배회"한다. 언제 침몰할지 모르는 "쪽배 한 척"에 의지해 외로운 항해를 거듭한다. 외롭고 고독한 항해를 거듭하다가 "슬픔의 눈물막"을 떼어내고서야 비로소 '인생의 봄날'을 맞이한다. 어둠에서 빛으로 발을 내디딘다. '빛'을 받아들이는 순간 굴절되고 왜곡된 어둠과 슬픔이 순식간에 사라진다.

5

4부 '화이트와인'의 계절은 당연히 눈[雪]의 계절 겨울이다. 청포도나 적포도의 껍질을 벗겨 만드는 화이트와인은 흰색이 아닌 엷은 황색 혹은 황갈색이다. 하여튼 화이트, 즉 흰 색은 '평등'을 상징한다. 눈이 소복이 쌓인 순백의 세상에는 미추나 계급, 빈부도 없다. 색을 가진 다양한 빛을 최대한 합하면 합할수록 하양에 가까워지는 것처럼, 4부에 평등의 정신과 시적 방향이 집약되어 있다.

헤르몬산을 통한 종교적 성스러움(「구름도서관」), 가야 할 반대편 플랫폼에서 오지 않는 기차를 기다리는 단상(「반대편에서 기다리다」), 옷걸이에 좌우되는 사람의 품격(「옷걸이」), "봄볕 숨어드는 특수학습"(「오후의 마루방」)의 풍경, 노을 진 전철 안 남녀의 정겨운 대화(「빨간 모자 쓴 강江」) 등 아무것도 쓰여 있지 않은 백지 같은 세상과 평등의 세계관을 담고 있다. 하지만 그 이면에는 참고 견디는, 희생의 삶이 존재한다. 흰 눈으로 덮인 세상도 보이는 것이 순백일 뿐 눈이 녹으면 불합리와 부조리, 불평등이 고스란히 드러난다.

밥 때문에
숟가락을 들고 뛰던 때가 있었다

어디로도 갈 수 있으나, 어디로도 가지 않고
눈 귀 닫아걸고 살았다

멀리한 이유를
알 것 같았다

당신 안에서 내가 끓는 동안
압의 힘으로
우리는 서로의 내부를 통과했다

내부를 통과한 뜨거움으로
참는 법을 배웠고

함께 사는 일이 가능해졌다

—「반려」 전문

　　시집을 닫는 시 「반려」나 「옷걸이」가 자아내는 분위기는 대체로 외롭고 쓸쓸하다. 강설이 몰아친 한밤처럼 한기寒氣가 서려 있다. 한기를 견디려면 서로의 체온에 의지해야 하지만, 벗어놓은 옷처럼 곁에서 떨어져 있다. 아이러니하게도 "낮보다 밤이 따뜻"(「목련」)한 풍경을 자아낸다.

　　'반려'는 인생을 함께하는 자신의 반쪽, 즉 결혼 상대를 지칭했지만, 반려동물이 애완동물의 대체 명칭이 되면서 그 의미도 확장 혹은 변형됐다. '남편'에서 '가족'으로 의미가 확장/변형되거나 반려의 자리로 옮겨 앉을 때마다 서로의 거리는 점차 멀어진다. 당신의 변화를 알면서도 "눈 귀 닫아걸고" 모른 척한 것은 생존 때문이다. 홀로 설 수 없다는 막막함, 아이들 생각에 "어디로도" 떠나지 못한 채 참고 살았다. 당신이 "멀리한 이유"를 확인하는 것 또한 두려웠을 것이다. "문득, 정신을 차"(이하 「현대해상」)린 "나는 이 배의 선장"임을 깨닫는다. 내 삶의 주인은 결국 자신이다.

　　한데 상황을 변화시키는 주체는 '나'이지만, 그 변화가 일어나는 곳은 "당신 안"이다. 그 안에서 주체인 '나'의 "압의 힘으로" 갈등이 해소된다. 하지만 "서로의 내부"가 '통과한 것'이지 '통한 것'은 아니다. "밥 때문에" 참고 살 것과 "내부를 통과한 뜨거움으로/ 참는 법"을 배운 것은 분명 차이가 있지만, 멀어졌던 거리감을 좁힌 것 이상은 아니기 때문이다. '침묵'에서 '폭발/대화'로 관계가 좁혀졌지만, 결국은 인

내하면서 살 수밖에 없다. 외로움의 농도는 다소 옅어졌을
지 모르지만, 사라지지 않은 앙금은 언제든지 수면 위로 다
시 떠 오를 수 있다.

앞산 마루에, 구름이
가을 신상 점퍼처럼 걸려 있다

나를 받아줄, 반듯한 옷걸이 하나 갖지 못해
어깨 한쪽이 처진 나
식구들이 벗어놓은 옷걸이들을 줍는다

가장이라는 옷걸이 옆에 아이 둘을 건다
좋은 옷도 걸어놓지 않으면 폼이 안 난다
사람보다 더 사람 행세를 하는 옷걸이

등판이 자주 우는, 내 자주색 양피코트
목숨 가진 것들의 품격은
옷걸이에 의해 좌우되는지 모른다

여름내 푸른 가지를 펼치느라
물든 단풍나무들
숲이 옷걸이들로 **빽빽**하다

고단한 새들 쉬어가는, 삶이라는 옷걸이
햇살로 짠 시詩 한 벌

내 몸에 입힌다

건너편 계양산이 다가와 나를 받아 건다

—「옷걸이」 전문

시적 화자는 "나를 받아줄, 반듯한 옷걸이 하나 갖지 못
해/ 어깨 한쪽"이 처졌다. 이 시에서 옷걸이는 '가장'의 다른
이름이다. 옷이라는 식구들을 반듯하게, '폼'나게 해주는 역
할이다. 하지만 옷걸이는 "사람 행세", 즉 흉내만 낼 뿐 가장
의 역할을 외면한다. "목숨 가진 것들의 품격은/ 옷걸이에
의해", 바꿔 말하면 가장에 의해 개별적 인격적 주체인 가
족의 품격이 결정되지는 않는다.

삶의 품격은 누군가 높여주는 것이 아닌 스스로 높인다
는 깨달음은 과거의 슬픔과 결별하고 "내 몸에" "햇살로 짠
시詩 한 벌"을 선사한다. 한 벌이 아니라 「교보문고에서 당
나귀를 기다림」, 「안경이 왔다」, 「타워리프트」, 「봄날, 그들
은 낚시를 다녔다」, 「작약도」 등 맵시 빼어난 옷을 걸친 시
들을 보유한다. "은유와 상징으로 이루어진 이곳은 생명의
보물창고"(「구름도서관」)이면서 '도도한 알코올'인 와인 같
은 시의 정취에 빠져볼 수 있는 '시의 바bar'다. "언어 너머
세계"(「안경이 왔다」)인 이곳에서 농익은 '와인춤'을 감상하
면서 시향에 빠져보자. "서정抒情의 마지막 보루"(「구름도서
관」)에 "오신 걸 환영합니다"(「블루오션」).

현대시세계 시인선 176
당신과 듣는 와인춤

지은이_ 강성남
펴낸이_ 조현석
기   획_ 김정수, 우대식
펴낸곳_ 북인
디자인_ 푸른영토

1판 1쇄_ 2024년 12월 31일
출판등록번호_ 313 - 2004 - 000111
주소_ 121 - 842 서울 마포구 서교동 460 - 34, 501호
전화_ 02 - 323 - 7767
팩스_ 02 - 323 - 7845

ISBN 979-11-6512-176-1   03810
ⓒ 강성남, 2024

**이 책은 인천문화재단의 2024년도 문화예술지원사업으로
지원받아 발간·제작되었습니다.**